秋雨夜

王小康◎著

深圳出版社

图书在版编目（CIP）数据

秋雨夜 / 王小康著. -- 深圳 : 深圳出版社, 2023.12

ISBN 978-7-5507-3937-6

Ⅰ. ①秋… Ⅱ. ①王… Ⅲ. ①诗集－中国－当代 Ⅳ. ①I227

中国国家版本馆CIP数据核字(2023)第228594号

秋雨夜

QIU YU YE

出品人　聂雄前
责任编辑　孙　艳
责任技编　梁立新
责任校对　万妮霞
封面题字　张曙光
装帧设计　龙墨文化 0755-83461000

出版发行　深圳出版社
地　　址　深圳市彩田南路海天综合大厦　（518033）
网　　址　www.htph.com.cn
订购电话　0755-83460239（邮购、团购）
设计制作　深圳市龙墨文化传播有限公司　0755-83461000
印　　刷　深圳市新联美术印刷有限公司
开　　本　889mm × 1194mm　1/32
印　　张　5.5
字　　数　80千
版　　次　2023年12月第1版
印　　次　2023年12月第1次
定　　价　39.00元

写在前面

郁郁葱葱的大地，生命的底色，滋养双眼，心律平和，呼吸轻微。风在替花草树木诉说，麻雀、画眉在歌唱在感恩，蚯蚓在松土，蝴蝶左冲右突，知了在休眠；苔藓绿了一层又一层，根底滴着水，一滴一滴，脆弱而不停歇，像时间汇聚又滴落。自然的神奇与魅力总是令人着迷，无须留下什么，可坐可躺可卧，田野、山岗、荒原、丛林，世界为你而来，也为我而来，静静地，偶或写写、画画，情绪浅浅，大自然容融一切……

二〇二三年十月

目 录

1

2

3

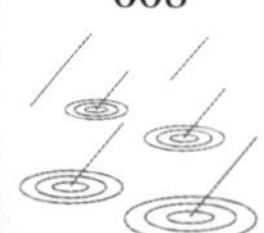

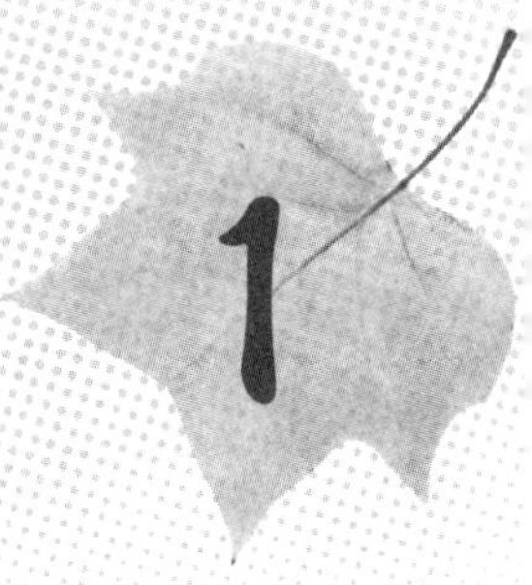
1

从容

秋冬来临

早晚安静

没有声音像有声音一样

绿色缓缓的溪流

竹影萧萧

生命波澜不惊

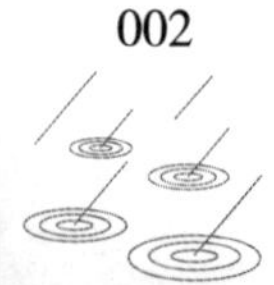

夕阳下的海边

看着海和海花

心被一次次撞击

来了

去了

顺着夕阳

沙静了

海岸温柔

那幔轻纱

那条狗

哗……

定格

初见

荷叶晨露的眼神

瞬时安静

恋恋地离开

知道她会在阳光里化掉

微风里破碎

人群里走散

生命中消失

但那一格

也已定型

沉默

夜已沉默
大海不停诉说
成年人这曾经的孩子
一路梦想人生如何美好
体会的不只是邪恶
黑黑的海藏着海怪
独行的浪漫
像你唱你的歌
如一阵风吹来
天明一切又解散

落日

不想说话

想举枪重来

胜者重温胜者的喜悦

败者幻想翻盘

一个寒颤秋风来

落日不见了

寂静的夜

寂静
夜粘住大楼
粘住行道树
粘住地面
粘住过往车辆
粘住行人
粘住流浪的狗
“汪汪”声中破裂又愈合

和兰花在一起

冬日暖阳
和你在一起
边走边聊
一小段的疲惫
风雨见惯后的自然而然
树下摘摘果子
平平淡淡的日子
别人忙别人的
守住这份懒洋洋
歌声传来
《和兰花在一起》

生活

只要有光

花就开了

蜜蜂到

她就结果

往事

清晨的路上

往事像行道树一闪而过

路默默无语

南方的深秋

风在摇她的叶子

花在孕她的果子

小道已静

短袖灌满深秋

与昨夜告别

未曾来得及告别
夜已不见
余寒冷记忆
清晨
阳光明媚
卷曲的树叶舒展
花朵重新开放
行人脸颊也温暖

第三天的雨

已是第三天的雨

深深念想中

风翻来覆去

虐着树

雨一层层覆盖自己

烛光苍白

食物失去温度

插花落寞

一点点钢琴

是的

就是这样

雨大

入海即化

灾难下的夜晚

夜晚

草地

灯光

月亮

狮子头白菜

20℃微风

年轻人的要素

恍入敦煌壁画

空空的夜空

悲从中来

安徒生之梦

城市的夜没有夜的样子
活在里面的动物已然适应
寒冷悄悄地寒冷
街头巷尾已凋零
橱窗仍然橱窗
烤鸭浸着油脂
火柴硝烟化为历史
赤脚不见了
每个人都有一位外婆
外婆迎接着每一位外孙女

灾难之下

艰难缓慢的
日出日落的日常
瘟疫统摄着全城
铺开已中世纪的第五天
草木在变
大地在变
破碎的仍在破碎
逐渐看清卡夫卡的变形
毕加索的错位与分崩离析
打开一段梦境
…………

灾难中的岁月

太阳照进屋子

岁月进来

想念在滋长

人人都好

三年像一年

四年也像一年

过往成一念

阳光下慵懒

一点不想动

傍晚

音乐在流淌

云朵停下

远山托着天边

树干一圈圈嫩黄

小鸟低鸣

行道空空

落叶椅子上

蚊子来来回回

沙沙沙

心静风不止

咖啡味

咖啡味充满小屋

移动几小步

木然前方

许久

化着一颗尘埃

一叶草

一个衣架

一串前行的脚步

一个梦

春天

终于
埋葬了病毒
和许多人无法逾越的那个冬天
一天轰响的浓云散去
蔚蓝再现
上学路上妈妈告诉孩子
这是春天
没有了硝烟味
阳台也不适合坐着
凝视
那未曾到过的地方
把梦种下
没搞懂的问题得抽个时间
有些帖再翻翻
柳如是的传
这个春天

蜜蜂没到

可能已在路上

蝴蝶

就要错过花期

行人缓缓

偶尔侧侧头

听听花开

春天

…………

雨声里的钢琴

望向廊柱
思绪随纹理翻转
小灯弱弱柔柔
字画在像与不像间
印章凸显
雨声琴声混合
靠枕贴心
慢慢松弛
惊觉
人生最大的幸福
顺着原路往回走
安然

海滩的夜

昏黄的灯
映出一团海滩
海浪不知疲倦
黑茫茫
躺在躺椅
琴声响起
慢慢失去重力
奇妙感蔓延
侧身
小虫已上拖鞋
薄纱扬起海风
草帽不见了

一个人的阳台

幽幽长长的钟声

遥远依稀

大概在梦里在闭目休憩时

阳台收纳风雨

停留夕阳

收容岁月灵魂

一个人的阳台容易回到一个人

风把雨带来

落在脸上

凉凉痒痒

望着花草

望向行人

假想伞下无雨的感觉

寂寞一路

雨后

雨后
路面干净
草木重新活了一遍
零零碎碎的光散落草坪
心跟着清爽
继续漫步
不为什么
微风送来远花
听着看不见的部分
没有人
也没有杂音

雨

雨在窗外

某天还会下

淋湿行人

唤醒溪流

忧伤艳丽

着地一摊水

叙事着檐下一根烟

窗前一个盹

蜷缩一团的蒙头不起

翻着册页的妙远玄思

角角落落的青春

美好与天真

迷离

大理石的灯

昏昏透透

充盈着温润

一个人出神

坐下

依着

化掉自己

顺着纹理

温吞吞要内伤的感觉

直到响起粗糙的铃声

晨曦

弯路多坑

颠出笔记沉沙

一夜的梦

来一个望想而来的晨曦

抬抬眼镜

不经意远方进入

雨后花

见过的雨
熟悉的楼栏
不知名的花
雨滴裹走花香
不去想哪一天会蔫掉
念她的好
所见温暖
世界跟着好起来
悦耳的琴声

望雨

雨里

仰起头

与上帝联通

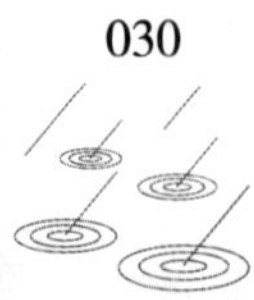

春夜

春夜已深

行道狗还在走

路灯温柔着“马尔斯花”

“米贵阳”冷冷清清

脚步时而轻快

时而沉重

起伏到楼下

转角

拖鞋熟悉

登山

走进山里

扬起镜头

留住花草

留住树丛

留住岩石溪流

留住蝴蝶昆虫

留住阳光云朵

留住人情世俗

没有留住风

和胭脂、枯叶的飘零

人

穷人把最好的给别人
富人把不要的给别人
贵族把风度给别人
艺术家把美好给别人
读书人给部分人仁慈
部分人刻薄
部分人虚伪
部分人真知灼见

花

喜欢花的绽放
喜欢静静的
膨开
放开
在枝头
喜欢花的离开
歪歪的
斜斜的
轻飘飘
着地
似已入眠
偏爱花蕾的青涩
给人希望
无法猜测
给人纯洁
莫名的爱与同情

无须言语

听见她说爱你

书

睡着的书在桌上
几天半月不动
薄薄均匀的灰尘
台灯天天读

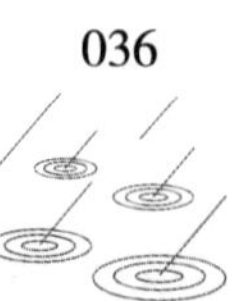

同冬日暖阳的对话

无远山的窗
风少一分清甜
懒懒的
冬日阳光会聊天
坦然暖暖
她说她的
我说我的
她懂了
我也懂了
她看透了我和一切
我以为着我的以为
她始终安静沉默
四季星星点点
眼角湿润
可爱的一地黄金

音乐与梦

揣着白天的心情

书停在两页

窗帘没有拦住夜色

虫鸣鸟叫化为空白的耳鸣

反反复复也没听懂贝多芬

音乐就是音乐

悄然走进梦里

曾几何时

夜与白天

夜晚把每个白天收留

白天总是把夜晚否定

2021年的晚秋

热而不去的秋

清透的茶

斜阳趴在墙上

冲茶的姑娘来来回回

摊着手

空空的眼神

不愿打扰别人

更不愿被人打扰

靠着身体

墙面慢慢斑驳

把岁月硬化

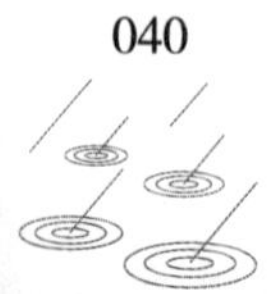

月亮

关掉城的灯

夜色回归

山静

树静

水静

风静

月亮回到从前

石条之上

焚香

擦擦手

轻轻拍拍

冰片藤香沉香……

隐隐幽幽

若有若无

不想动

想睡

自觉那幅远景

由肺入心

到脚到末梢

凉凉的

微微神秘

迷恋那道烟影

晨风

睁眼

收起被单

叠好夜里的梦

美好洒向晨风

远远近近

装满你的帘台

端午节

窗前

去年的自己同在

粽香四溢

暴雨阵阵

云雾缭绕

书与音乐

眼里心里的人

雨啊

好想数数那淋湿了的花

烟火

虚伪常见
因为活得艰辛
真诚很难
难到都不愿提起
文明是个梦
容易的是享乐
更容易的是堕落
都是成功
这片人间的灿烂烟火

黑夜

夜又至

黑得与昨晚一样

越来越静

讲往事的好时候

北斗映在眼底

初夏的风

老茶

蚊子嗡嗡

月下归路

望向天空

树与月亮原谅着你

微风

冬夜

冬日深夜
路灯憨憨地站着
眼前的影子
榨干后的样子
无言以对

枯叶

冷风裹着岁月而来
烙在脸上
捂住点点温度
握不住的感伤
枯叶往年有
明年还会有
脚步离开
它已把你忘却

突然音乐

翻不开书

久违了音乐

像潮水上涌

被旋律托着

稀冷的半音沉声

几度轰鸣重叠

磅礴幽远

拉着去找想哭的感觉

…………

音乐会后

最好的教育是亲人相见
最深情的爱国在边境一线
最连绵浪漫的是音乐响起
倾情淹没一切
卷走所有
和这个夜晚

灾难下的路

空空的路

吹着口哨即有了生机

等梦

深夜来了

方方正正的门

眼镜放一边

心随阿达的视角

温暖、美丽、飘逸

静等梦来

寂

天花板沉重

音乐开始烦躁

心隐隐痛

爱与重要的事梳理几遍

希望那希望

困难仍困难

幸福麻痹

有温度的过去冰冷回应

行人淡定

烟雨雾从容

麻颈鸟安静

冬天罩着的门卫罩着口罩

窗户拉一扇

余半个背影

空想

留恋涛声

最好有潮汐

向往纯粹的孤独

最好无生命的路

一片寂静

色彩厚厚的

一个人的桥

多少人的夜
一个人的桥
欲言又止
静静的
身上的风
温柔什么月色
倚栏听听心跳
桥头别人是你

安稳

那年与青春告别

从此一醉不醒

昏昏的

风雨不觉

多么希望回到童年

憨憨的安稳

味道

熟悉的小市

小市里的林林总总

回到小时候

记忆深处还是妈妈的味道

端着碗就意味深长

童声消失

抽泣远去

唯春天按时而来

午后

想说的很多

文字在空气中

一阵雨一阵风

抓不住

反复淘洗自己

没有变得细腻温柔

暗光的午后

一声叹息

远处那杯茶

…………

话

好好说话
不求句句动听
真诚就好
阅尽万里山海
一句入心能疗伤

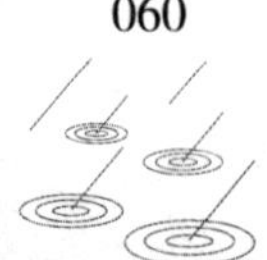

致爱人

买一束花

给所有的爱人

好香

她在心里

春

迎着风
感受春的温凉
靠近路的边沿
花朵伸了过来
蜜蜂先到

散步

天色渐暗

坐在角落

闭眼

生活一件一件真实

出门走走

梦醒

昨夜星辰

月隐今宵

茶头几煮

笑谈风雨三千

廊外咳声

梦醒

几语留心

热乎乎双手

嗯哼

翻个身

春光

春日阳光
像一场梦境
花朵热烈
小鸟在翻腾在歌唱
蜜蜂忙碌
蝴蝶躲躲闪闪
懒猫一只两只
风微微
年轻人有的在拍照
有的在折花
有的在等待
池水凉凉的绿绿的
孩子们蹦蹦跳跳
再一会又哭起来
玩具掉了
…………

忧忧

跑步的路上
村上春树的模样
不懂他
假装理解他
上班途中
安徒生不期而遇
忧伤的刀叉
轻描淡写
致意那份安静从容
好困

日子

数着台历

一页一页盖过去

厚厚的

早先的日子越来越沉

无力挣脱

2

幸福

雨后清凉

花落成梗

没有回过神的脸

流转的魂与来世今生

侧面微风轻轻

老姐的心

多年

依然觉得你好苦

叶舞花香

幸福就像走在松软的大地

领略人间的时时甜蜜

她说她只是平凡

春天的布达拉

夜幕之下

周围没有了眼睛

行道安静

钟声清脆

花香时有时无

历史一片片

春天的布宫冷冷的

路面模糊

慢慢回家

雪花与梦

梦像白天的雪花
雪花像夜晚的梦
无声无息
空空如也
有过吗
有
有了吗
没有
捧在手心
揣进怀里
呵护也好
珍藏也好
她还会来
她一直没有出现

清晨

清晨

世界蜷曲收缩

安静干净

眨巴眨巴眼睛

世界有什么相关

谁都一样

谁也不知道

洗漱就是戴面具

出了门

世界性大戏开场

好多普罗米修斯

白天比黑夜可怕

多少人

拖着疲惫的心

打着哈欠度余生

辽阔的夜

辽阔的夜
吞噬了又一个白天
收纳每一个活着与死去的灵魂
没看懂济慈
模糊的兰波
城市里
忘记了自然
味道
色彩
声音

曾经

曾经
烈日下期待有雨
雨中才知道离家多么遥远
曾经
怕离得很远就传来钟声
钟声不知止息后来哪天消失

晚秋

满怀的秋
易碎的艳丽
薄薄的哀愁
提杯烈酒
苍凉入喉
午后
吾眠
爱已犯困

纪念

所谓意义

有爱的人

有人爱你

纪念昨天

纪念生命里每一次惊魂瞬间

想来生命多被彼此浪费

一幕两幕……

找一个神秘

走在旷野

走向海际

走向烛火

走向荒无

羞愧

羞愧太高

以至已无人问津

不及一声鸟鸣清脆

嘲讽着看灵魂堕落

生命与活着无关

绝望如此厚重

每一次长望远方

也许正为生命着色

好吧

天在哪里

天有何用

安静

这么安静

听见时间的声音

想攀上它

想的当儿

它已越过布宫

跨过雅江

向东

背影化为夜色

还有它的声音

…………

诱惑

我们都受着诱惑
世界只是正常接待
你可以随时结束
曼弗雷德情结永远常在
怨念恨意弥漫
一片黑色
无所谓选择
上帝也未曾见过自己
…………

水

因为无形

引诱人往深里看

更深处

见到自己

别人的不是不说

自己的不是也不说

更不许别人说

天地成了自己

自己就是位和利

岁月弥久

尘拂人心

幽怨深深

雪山之下寺门外

没有下过雪的山
无生死交替
寺门外
回声阵阵
没有答复
合十者不需要答复
可怜的不要人可怜的孩子

西藏

遥远的地方
天在哪里它就在哪里
云一样存在
与日月不同步
渡尽因缘
一瞥一修行
舒缓静默
往来已无念佛的神秘
更不明佛的道理
众生不可怜
可怜那盏灯
悠悠千载
光，暗了世界
庸人自扰
人世那么美好
苦行三年
只是佛陀一个玩笑

穿行

冬季

西藏腹地穿行

似在时光隧道

恍惚

一潭水一座庙

不及无尽的空寂苍凉

时空有了黏度

大脑拖不动

像鱼儿在泥浆里

似要凝固

有点宗教感

轻触一下它的神秘

荡开来

悲观主义起

额首窗外

眼底世界

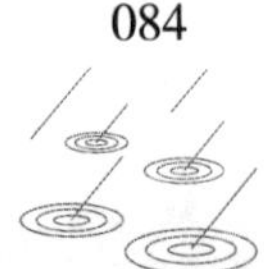

渺小自己

泪从心涌

恶夜

夜从不仁慈
游魂辨识着自己
管你人间冠冕堂皇
如何高尚其事
被窝里的心脏
恰如被窝里的身体
一丝不挂
那么光明磊落
我们诅咒地狱
地狱最安静

地狱与梦

夜即地狱

灭掉床头的灯

人间即被吞食

地狱里人更像人

快乐的快乐

悲伤的悲伤

随梦而去

安静清晰

醒来又是人间

好梦

好梦半刻

似清肠刮肚

愉快时每个清晨不一样

依恋刹那便是永恒的灵智

也可沉湎死去还能活来的惊喜

纯净的人性情感

梦里

大地的咸味

那天，我要走了

那天，我要走了
空空碧蓝的天，静谧的云朵
窗外林里，狐狸设计着斑鸠
那天，我要走了
无烟无垠，冷硬苍凉，错乱广袤的残雪
山脊
凄风冷月，昏灯暗屋，耳鸣神滞的夜
那天，我要走了
佛号经幡，藏袍念珠，桑烟袅袅
颗颗心脏红透急速，权利往来
小信了了，日夜翻滚
那天，我走了
没有人记住谁的自己在佛前的心声
才明了自己从未来过
那天，我走了……

鬼市

凌晨 2 点的八廓街
桑烟淡去
长头止息
恍惚鬼市
川流不息
同样指指点点
数落这个异类
低头慢行
与往常一样
“无关我事”
突然又否定自己
不是生命的一瞬
成就了鬼的永恒吗
瘫坐于地
无声

无辜的夜

无辜的夜

那么多生命

啰啰嗦嗦在一起

勉勉强强同行

叽叽咕咕的口是心非

仅到喉咙处的笑

误会与需要间

好戏连绵

仰望

仰望宝石蓝的天
恍若切下一块
以安详心灵
洗涤疲惫
平静行程
弥漫的佛性
超越美感迷离

读《醉舟》

窗帘拉严实
关闭一夜繁想
昨夜的路人树风
各有不同的有时候
安静让人简单
不太容易相信
午后困倦
爱让人愁
拨开江水
一头扎下去
舟，与云鹊与雾

神秘

摇滚里冥想
僧袍唐卡佛像
把皮揭掉
丑恶也不是真相
神秘在墙上
是岩壁山水草木
和四季的花
满山瀑布
未靠近
心已飞

正觉

水里的天空

就是正觉

留下的书

都是孤独

所谓老来

就是害怕热闹之后的杯盘狼藉

心掏出

毫无奇特

梵音远来

酥透凡身

有人睡了过去

有的活了下来

冬日营区

黄叶晃着不肯下来

吱嘎声里掉下枯枝

长长的甬道空无人影

不自觉望向哨兵

远山暗下去

留下一响牦牛的铃声

写在洞朗对峙

旧地重游
物是人非心依旧
竭力搜寻
蓝天望我
野菊虫蛾
皮黄鬓白眉也皱
慢步听风
枯枝落叶惊魂
洞朗雨为酒
千里之外尽豪侠
百姓苍生何求

修行

安静

安静到不知有世界

极奇幻体验

忘记世界方可向内延伸

清静平和问自己许许多多问题

富是修行

穷是修行

忘掉自己

…………

高山漫步

高远的山

一个人慢慢地走

收获内心深处的感觉

清朗的天空

清不走一个人的感受

只留下属于未来的此时幸福

心与回忆抗衡

不轻视过去

不无视今天

与自己聊聊

让爱听听

…………

教堂

孤寂的心最像一座教堂
空空荡荡无边神秘
冻寒浩茫的青藏高原
野马为伴
哒哒哒哒
夜夜内心奔踏
窗棂冰霜
床沿吱嘎
夜幕消失
野马归息

记在亚东

亚东的深夜
咆哮的山水已安静
静得归顺了思维
回忆
好多该做的没做
更多的做没做好
总有两个人的爱
沉重得如同摧毁
有什么办法呢
感觉亚东沟的山脉在聚紧挤压
床已飞起来
几乎与帕里高原平齐
一颗无能的心
超越了疼痛
不争气的泪
化作远山的冰柱

窗外

借那么一点点圣经

即大有深意

神性

人性

天在窗外

老子温柔不语

风捋鬓须

早早飘逸在人类尽头

眼前即为永恒

金钱利益人际权力自尊以及爱与仇恨

死是 ICU 的事

进化的人已没有类

美

脸蛋名利场潮流一切奢华

观景台的斜躺微闭

伸手的茶与咖啡

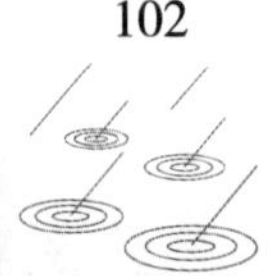

芬奇尼采梵高红楼

轻风

冷冷的下午

行走西藏

走遍西藏

相遇全球风景

只因太忙

只因欲望太多

只因心事太重

只因人云亦云

只因……

凡因多多

或许根本无心

抑或根本不懂

匆匆的

来了来过走了

饱览山色

天然练达

眼底人伦算计并乐在其中

无数感慨

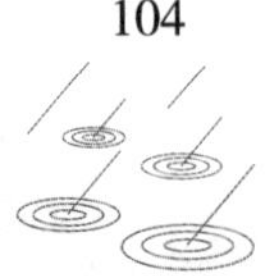

风景不闻不问不屑

偶一抹忧郁

正合风景的心意

多么完美

下雪

雪

要下在夜里

白天太过热闹

宁静不再

雪不再是雪

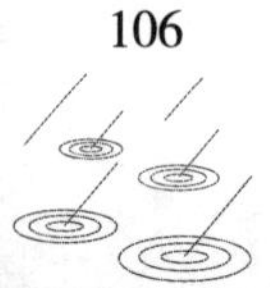

藏游

收纳完美景

佛陀遇想而来

路有万千

迷信错过正见

所闻爱他人爱万物

诚意太难

怀疑成了主流潜意识

感知爱的能力正在退化

不安与怀疑催生了

向往空旷

向往孤寂

向往模糊的绝望感

一路落寞的放空的幸福的假象

时空扭曲到变形

有人在诵经

漫步

苦等起床的铃声
忧愁时总想漫步
幻想着漫步到了今天
没有什么不一样
数不起的岁月
感觉世界那么陌生
心、眼和身体都似包裹着
耳际只有呼吸的回声
什么时候
心穿透了这层蒙蔽
也许
才是真的重生
这么冷的早晨……

雪后布达拉

三月的布达拉罩上银色外套
诵经的在诵经
长跪的在长跪
候鸟在嬉戏
酒店的客人在感动在沉思在梦游
猩红点点
玛吉阿米在点饮在留言
酥油味弥漫
藏文神秘
念珠各式各样
眼神清澈
风太冷

圣光

去过再未逃离

熙来攘往

各有各的目的

美在那里

神在那里

人性在那里

低海拔

已无力触发与表达

太多的以为与拥有

与圣光无缘

茶一样清净

贤者的心

玩玩那份笔墨

西方的线条

美得像他们的宗教

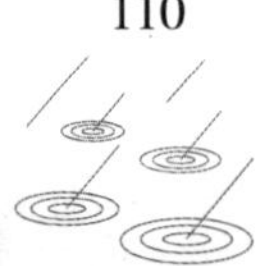

无话可说

总是那么相通

3

深秋

雾气蒙蒙的山谷
草与苔藓与荆棘挂满露珠
树上的叶子零零星星
高处的果子
晶亮晶亮
主人扫完院子
头顶有了热气
狗蜷在墙角窝
长天秋水
向着熟透的果子
搓搓双手接住
捧着

爱

如果可以

希望很多人过得好

如果什么也做不了

只想你一个人在身边

送别

时间已晚
但我真的不赶时间
为什么没有听懂世界
摸摸才知道
前方隔着玻璃
泡沫溢出杯沿
浓浓的麦香
生命如此简单
谈不上失落
怀念与幻想慢慢打开

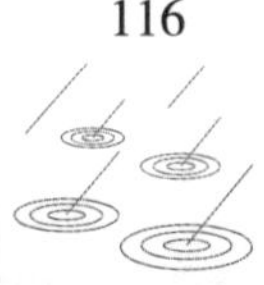

重阳

今又重阳
窗台阳光耀眼
想起不怎么说话的爷爷
清清瘦瘦
脚步轻慢
捞着枯叶
一阵停下
右手持棍
滑步挥掌
念叨着“王爷提鞭”
一直以为爷爷会武功
他却一直不曾告诉我
…………

果子

寒风中
枯萎的已枯萎
熟透的果子
摘下甜心
掉下沃土
炊烟悠悠
…………

放下

有时候厌倦了所有

可依然无法把眼前和世界放下

寒风里

五味杂陈

这别人走过的路

人老话少

棒棒糖的世界好

甜甜的

美美的

转身

夜很轻

每一次来临未曾闻一丝声响

夜很温柔

每一次离去浑然不觉

梦里的你

无言转身

雪花覆去印记

归

红泥火炉
腊味老酒
几声轻咳
锅碗瓢盆
门窗漏风
暖寒自知
鸡鸣狗吠
孩童咽咽
信步小道
寡言兮兮
山河无声
漂泊终归

听话

三个冰箱
装满她背来的这样那样
小时候我不听话
长大后她不听话

云朵

云朵今天飘走了
天朗朗的
热在窗外
话也难得带了
静静的
默默的
她再来已是下一个季节

昨夜今晨

成片窗灯熄灭
你未入眠
谱写着孤独
天微亮
别人酣睡
你在步道
有些舒展
有些模糊和快乐
台沿的蜗牛昨天在
今天还在
芒香袭来
遍地碎裂的果
红伞飘过
清香漫过转弯

送壶

缝自光来
叶摇风在
空空的空间维系几片绿色
越过窗户心境随意
安静的书
像极一个人的船
迷恋那样困倦
睡过去的自在
醒来时的舒展
朋友敲门而入
壶带温色
装满四季清凉

走过

走过一湾池水
蜻蜓立足荷花
荷叶托着青蛙
荷秆附着水蛭
走过草垛
斗笸依着连盖
连盖靠着杨叉
还有老狗
走过老屋
风车柴火
篱笆老井洗衣桥
走过人群
旱烟辫子
赤脚笑语
走过旷野
走过荒原

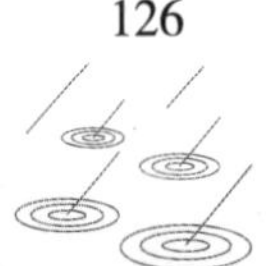

走过喜马拉雅

走过山海

没入城市

她

那年代要冷一些

孩子也多

三餐无小事

针线缝衣裤缝袜缝鞋缝岁月

四季慢慢的

燕子衔泥檐下

茄子丝瓜

玉米红苕

西红柿芹菜无花果是后来的事

泥鳅黄鳝一身泥

吃饭了就叫你了

月下小道安静

推门声响结束担心

油灯下眼睛明亮

房间烟火味呛人

热水烫脚热水洗脸

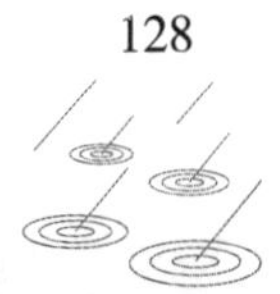

睡觉起床上学

她就是时间

还是唠叨

还会生气

正面说得少了

归来

放学了
饥饿的路特别漫长
守着锁着的家门
倚着门柱
片刻已在梦里
好多好吃的……
醒来
远远的山
薄薄一层夕阳
快要化掉

时间

时间总是那么无情
这么快就要把你忘记
时光总是那么沉重
现在每见你一次都那么心痛
岁月没什么了不起
只是爱你
虽然当面只字不提
记得晴天晒晒太阳

冬日暖阳

冬日阳光扑来

每一片叶子都深情款款

大家庭的爱

后来的孩子们不会再有了

愧疚着

好，是什么

相聚中秋

各自饱经风霜

岁月轻描淡写

好着的吧

好着呢

长时间默默无语

好下去

一下午相坐的意思

感觉时间在各自手里捏着

慢慢数

月亮来了

心里念着中秋

秋风

秋风在枝头

枫叶舞动

枯叶飘零

秋风在草垛

今夜

蟋蟀的绝唱

秋风在廊桥转角处

长发飘飘

轻纱浮动

秋风在手上

洗尽尘土

等待退去的老茧

秋风在鬓角

晶霜点点

冬来之预告

秋风在脑后

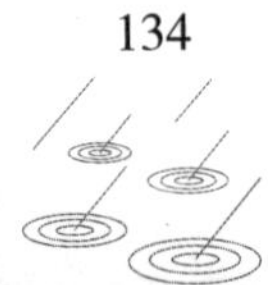

年年如期而至

却时暖时凉

夜归

走了许久
天黑了
黑天里
走了许久
暗香袭来
已是邻家窗台
脚步有了回音

鞭响

底色中来

命运里去

云遮雾起蜂鸣鸟叫的路途

闲闲地淡然

幽幽地发现

默默地珍惜

情感留白处

三言两语的领悟和领悟中的愧疚诠释另

一种幸福

都想抓住不放

可总得往前走

上帝不让停

那又怎么样

一声鞭响

不是出门就是到家

正反都是风景

原谅

有风南来
漫出昨日时光
一日一个里程
捡起零零散散的最初
好风啊
只在你需要的时候
一样的路
走的人大有不同
问题是
谁那么优雅
唤醒你的心
还有那么多原谅的期许与等待

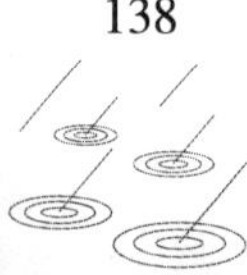

夕阳

望向远方的夕阳

故乡模糊

自己已不是原来的模样

一天

一天

匆匆的

眼巴巴溜走

似假还真

不愿、不信

一周

这么快

又是周末

未曾来得及安排

一月

怀疑一月

她在哪里

一年

好重

像腿上绑了沙袋

走着沉

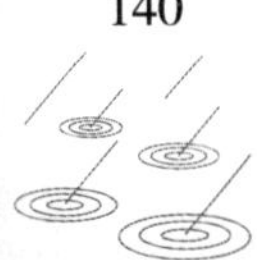

停下来也沉

这么重啊

年前

路灯无畏寒冷

有夜行人陪着它

夜行人不是不畏寒冷

是心里有着牵挂

曾经有个声音说

冷到尽头就是年

是啊……

人生

风踏树浪而行

音乐轻轻

托着下巴的阳台

吃饭就是团圆才是家

念念的

雪才来

情绪那么浅

“每个人生都是值得的”

让我想想

冷飕飕

家重了起来

折下一片树叶

从前

从前
是真实的梦
存在过却抓不住的虚无
从前
是只有画面的小说
各种情节曲折
从前
是童年的影子
放空时最常想到他
从前
无论多早醒来
母亲总在那里等你
从前
没想过今天
今天毫不客气
迎面而来

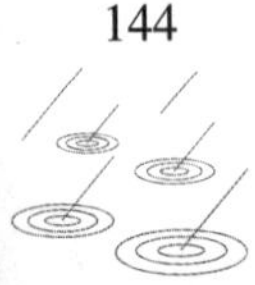

安心

一样的夜不一样的依恋

窗外飘来岁月

静静悄悄

记事到老去……

成功的时候比你还幸福的只有一个人

悲伤的时候比你还难受的也只有一个人

黑暗里

她的声音

让吊着的心能着地

望

挣脱了黑夜

遥远矗立的童年

久久不愿离开

默默对望

已然存在

活着

想

脚步匆匆
跃然而来的远处灯影独坐
如此众多遗憾留恋的鼓励
多想有人敲门
是你

清晨路上

目及处

好像都见过

可怎么也回不了从前

少年时

早先少年时

常想向天空说说

又不知要说些什么

以为天空最知道

雨来了

树下待不久

滴变成水

水汇成流

成溪

成洪

远山有了瀑布

少年家门口坐着

…………

忙音

夜阑

家外千里

谁待你生命如花

扬一声电磁的蜂鸣

挂断后的忙音

走出一串嘀嗒

等待

曾经
等待是为了相遇
后来
等待只为告别
感动与遗憾交织
路口
个人的真实成了他人的故事
秋风来
大步迈出

牵挂

牵挂再一次化为背影

慢慢地走

小城小啊

下次散步会在哪个路口折回

又会在哪个梯口歇歇

小鼓击打着心

抬眼

远方模糊

感动

太久没有安安静静地感动过

有时候

突然你想致敬谁

醉舟已远

墨干笔裂

快要忘记重低音

秋田

午后旱田
人马轮着来
跳一跳小脸通红
会玩的是光脚的
双脚着地
惊到蟋蟀
缝隙处进退两难
有人哭通常就是结束
背篼的草松一松
到家
干了汗湿的衣裳
…………

问候

深秋的雨露
湿湿的田地
蓑衣冒着热气
青苔翠绿得干脆
午后冷得快
鸣叫的虫鸟收工早
转弯处行人抬了头
晚炊的烟夜色悠悠
扛着犁的招呼
问候
乡音

背影

咸水与海岸间

悦耳的调调

柔柔的风

远处

喘息的海浪

大大小小

熟悉的背影

…………

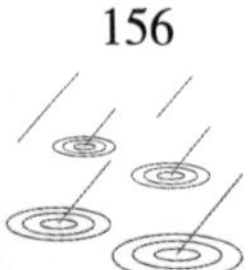

春来

春天来了

她站在窗外

隔着人类的迷障

那么近又好像从未到来

生命

喧闹的世界如此沉默
生命的老狗慢慢的
泛黄的灰色
一梭溜的和弦
今古一样
音乐里战斗不起来
向水面上的自己认输
悄悄地收手
告诉影子
没有爱
生无可恋

后 记

她识字，希望她经常翻翻，能不时笑笑，世界美好很多。

这条路美丽清幽，喜悦不尽，要感谢的很多，我的太太和女儿梓璇，还有许多朋友；特别感谢曙光老师的关心、鼓励，并为小集题名；当然感谢深圳出版社老师们的辛勤付出！

我会继续前行，努力把平淡过得可读。